LES OMBRES

EPITRE

A M. D. D. N.

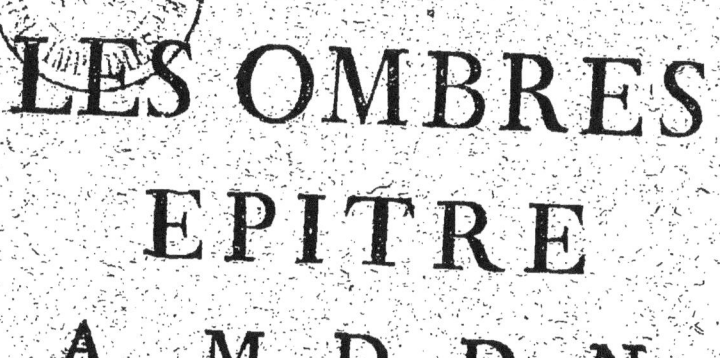

LES OMBRES,

EPITRE

A M. D. D. N.

PAR L'AUTEUR

DE VER-VERT.

Du 21. Decembre 1734.

M. DCC. XXXV.

LES OMBRES,

EPITRE

A M. D. D. N.

Paris, 21 Decembre 1734.

DES régions de Sylphyrie,
De ce séjour aërien
Dont ma douce philosophie
Sçait banir la mélancolie
En rimant quelqu'aimable rien,
SALUT, santé toujours fleurie,
Solitude & libre entretien
A la République chérie
Dont une tendre rêverie
M'a déja rendu citoyen.
Dans votre Epître ingénieuse
Vous prétendez que le pinceau
Qui vous a tracé la Chartreuse
N'en a point fini le tableau,
Et vous m'engagez à décrire
D'un crayon leger & badin

A 3

La carte du Classique Empire
Et les mœurs du peuple Latin :
A la gayeté de nos maximes
Pour ajuster ce grave objet
Et ne point porter dans mes rimes
La sécheresse du sujet,
Ecartons la Muse empesée
Qui se guindant sur de grands mots,
Préside à la prose toisée
Des Poëtes Collégiaux ;
Je vous ai dépeint l'Elisée
Dans le plaisir pur & parfait
De mon hermitage secret :
Par un contraste assez bizarre,
Dans ce nouvel amusement,
Je vais vous chanter le Tenare,
Non sur un ton triste & pesant ;
Ennemi des Muses plaintives
Jusques sur les fatales rives
Je veux rimer en badinant.

U n peuple de jeunes esclaves
Dans un silence rigoureux,
Des pleurs, des prisons, des entraves,

Un séjour vaste & ténébreux,
Des cœurs dévoués à la plainte,
Des jours filés par les ennuis,
N'est-ce point la fidelle empreinte
Du triste Royaume des nuits ?
N'en doutons point : ce que la Fable
Nous a chanté des sombres bords
Cette peinture redoutable
Du profond empire des morts,
C'étoit l'image prophetique
Des manoirs que j'offre à vos yeux,
Et l'histoire trop véridique
De leurs habitans malheureux.
Avec l'Erebe & son cortége
Confrontez ces antres divers,
Et dans le portrait d'un Collége
Vous reconnoîtrez les Enfers :
Tel étoit le vrai parallele
Que dans cette derniere nuit
Un songe offroit à mon esprit ;
Aminte, je me le rappelle,
Dans ce délire réfléchi,
Je croyois vous conduire ici ;
Et si ma memoire est fidelle.

Je vous entretenois ainsi.

Venez, de la docte poussiere
Osez franchir les tourbillons
Perçons l'infernale barriere
Des Scolastiques régions :
Là, comme aux sources du Cocyte,
On ne connoît plus les beaux jours,
Sur cette demeure prescrite
La nuit semble regner toujours :
Là, de la charmante nature
On ne trouve plus les beautés,
Les eaux, les fleurs, ni la verdure
N'ornent point ces lieux détestés,
Les seuls oiseaux d'affreuse augure
Y forment des sons redoutés.
Dès l'abord de ce gouffre horrible
Tout nous retrace l'Acheron ;
Voyez ce portier inflexible,
Qui, payé pour être terrible,
Et muni d'un cœur de Huron,
Réünit dans son caractere
La triple rigueur de Cerbere
Et l'ame avare de Caron ;
Ainsi que les Ombres legeres

Qui

Qui pour leurs demeures premieres
Formoient des regrets & des vœux,
Les jeunes captifs de ces lieux
Voltigent auprès des barrieres,
Sans pouvoir échaper aux yeux
De ce satellite odieux.
   Entrons sous ces voûtes antiques
Et sur les lugubres portiques
De ces tribunaux renommés ;
Au lieu de ces voiles funebres
Qui de l'Empire des tenebres
Tapissoient les murs enfumés,
D'une longue suite de Théses
Contemplez les vils monumens,
Archives de doctes fadaises,
Supplice éternel du bon sens.
A la place des Tisiphones,
Des Sphinx, des Lares, des Gorgones,
Qui du Styx étoient les bourreaux ;
J'apperçois des Tyrans nouveaux,
L'Hyperbole aux longues échasses,
La Catachrese aux doubles faces,
Les Logogriphes effraïans,
L'Impitoïable syllogisme,

Que suit le ténébreux sophisme,
Avec les ennuis devorans.
Quelle inéxorable Megere
Ici rassemble, avant le temps,
Ces Manes jeunes & tremblans,
Et ravis au sein de leur mere !
Sur leurs déplorables destins,
Dans des lieux voüés au silence;
Voyez de pâles Souverains
Exercer leur triste puissance,
Un Sceptre noir arme leurs mains.
Ainsi, Radamante aux traits sombres,
Balançant l'Urne de la mort,
Sur le Peuple muet des ombres
Prononçoit les Arrêts du sort:
Mais, quelles allarmes soudaines?
D'où partent ces longues clameurs?
Pourquoi ces prisons & ces chaînes?
Sur qui tombent les foüets vengeurs?
Tel étoit l'appareil barbare
Des tortures du Phlegeton,
Tels étoient les cris du Tartare,
Sous la fourche du vieux Pluton.
Près de ces cavernes fatales,

Quels sont ces brulans soupiraux !
Que vois je ! quels nouveaux Tantales
Maudissent ces perfides eaux !
De
~~Dans~~ ce parallele grotesque,
Moitié vrai, moitié romanesque,
Aminte, pour vous égayer,
J'aurois rempli le cadre entier,
Si, dans cet endroit de mon songe,
Un cruel osant m'éveiller,
N'eût dissipé ces doux mensonges
Et le prestige officieux
Qui vous presentoit à mes yeux ;
Ce hideux bourreau, moins un homme
Qu'un patibulaire fantôme,
Tels qu'on les peint en noirs lambeaux,
Et dans l'horreur du Crépuscule,
Tenant leur Conciliabule,
Parmi la cendre des tombeaux ;
Ce spectre, dis-je, au front sinistre,
Du tumulte bruyant ministre,
Affublé de l'accoûtrement
D'un précurseur d'enterrement,
Bien avant l'aube matinale,
Chaque jour, troublant mon réduit

Armé d'une lampe infernale
M'offre un jour plus noir que la nuit,
Et d'une bouche sepulchrale,
M'annonce que l'heure fatale
Ramene le démon du bruit :
Par cet arrêt impitoyable,
Arraché du sein délectable
Et des songes & du repos,
L'œil encor chargé de pavots,
Aux cieux je cherche envain l'aurore,
Un voile épais couvre les airs,
Et Phœbus n'est point prêt encore
A quitter les nymphes des mers.

Astre qui réglas ma naissance,
Pourquoi ta suprême puissance,
En formant mes goûts & mon cœur,
Y versa-t'elle tant d'horreur,
Pour la monachale indolence ?
Plus respecté dans mon sommeil,
Exempt des craintes du réveil,
J'eus dormi deux tiers de ma vie,
Sans distraction, sans envie,
Dans un dortoir de Victorin,
Ou sur la couche rebondie

D'un Procureur Genovéfain ;
Il est vrai qu'un peu d'ignorance
Eût suivi ce destin flateur,
Qu'importe ? Le nom de Docteur
N'eût jamais tenté ma prudence ;
Jamais d'un sommeil enchanteur
Il n'eût violé la constance :
Une éternité de science
Vaut-elle une nuit de bonheur ?
   Par votre missive charmante
Vous me chargez de vous donner
Quelque nouvelle intéressante,
Ou quelqu'anecdote amusante :
Mais que puis-je vous griffonner ?
Les politiques rêveries
Des vieux châpiers des Thuilleries
Intéressent fort peu mes soins,
Vous amuseroient encor moins ;
Et d'ailleurs, selon le génie
De notre aimable colonie,
Je ne dois point perdre d'instans
Ni prendre une peine futile
A disserter en grave stile
Sur les bagatelles du tems ;

Qu'on fasse la paix ou la guerre,
Que tout soit changé sur la terre,
Nos citoyens l'ignoreront :
Exempts de soucis inutiles,
Dans cet univers il vivront
Comme des passagers tranquiles,
Qui dans la chambre d'un vaisseau
Oubliant la terre, l'orage
Et le reste de l'équipage,
Tâchent d'égayer le voyage
Dans un plaisir toûjours nouveau ;
Sans sçavoir comme va la flotte
Qui vogue avec eux sur les eaux,
Ils laissent la crainte au pilote
Et la manœuvre aux matelots.

    A tout le petit consistoire
Où ne sont échos imprudens
Rendez cette lettre notoire,
Aimable Aminte, j'y consens :
Mais sauvez-la des jugemens
De cette prude à l'humeur noire,
Au froid caquet, aux yeux bigots,
Et de médisante mémoire,
Et qui voyant ces vers nouveaux,

Sur le champ, iroit, fans repos,
Dreffant la crête & battant l'aîle,
Glapir quelqu'allarme nouvelle
Dans tous les poulailliers dévots;
Ou qui, pour parler fans emblême,
Dans quelque parloir médifant,
Iroit afficher l'anathême
Contre un badinage innocent,
Et le noircir, avec fcandale,
De ce fiel miftique & convert
Que verfa fouvent fa cabale
Sur l'hiftoire de DOM. VER-VERT
Faite en cette critique année
Où le Perroquet révérend
Alla jafer publiquement,
Entraîné par fa deftinée,
Et ravi, je ne fçai comment
Au fecret de fon maître abfent.
Selon la Gazette Neuftrique,
Cet amufement poëtique
Surpris, intercepté, tranfcrit,
Sur je ne fçai quel manufcrit,
Par un preftolet famelique
Se vend, à l'infçu de l'auteur,

Par ce petit collet profane,
Et déjà vaut une soutane
Et deux caftors à l'éditeur :
Si ma main n'étoit pas trop laffe,
Ce feroit bien ici la place,
D'ajoûter un Tome nouveau
Aux Memoires du faint Oifeau,
De narrer comme quoi la piece
Portée, au fortir de la preffe,
Au Parlement vifirandin,
Caufa dans leurs faintes brigades,
Une ligue, des barricades,
Et fonne par tout le tocfin ;
Comme quoi les Meres notables,
L'Etat major, les vénerables
Vouloient, dans leur premier accès,
Sans autre forme de procès,
Brûler ces vers abominables,
Comme erronés, comme exécrables,
Janfeniftes, impardonnables,
Et notoirement impofteurs ;
Mais comme quoi des jeunes Sœurs,
La jurifprudence plus tendre,
A jufqu'ici paré les coups,

Ravi VER-VERT à ce courroux,
Et sauvé l'honneur de sa cendre.
Suivant le lardon medisant,
Les jeunes Sœurs, d'un œil content,
Ont vû draper les graves Meres,
Les Reverendes Doüairieres,
Et la grand'Chambre du Convent;
Une Nonne sempiternelle,
Prétend prouver à tout fidele,
Que jamais VER-VERT n'exista,
Vû, dit-elle, qu'on ne pourra
Trouver la lettre circulaire
Du Perroquet missionnaire,
Parmi celles de ce temps-là.
Je croi que la remarque habile
De la cloîtriere Sybile,
N'en déplaise à sa charité,
Sera de peu d'utilité;
Car, dès que VER-VERT est cité
Dans les archives du Parnasse,
Quel incredule auroit l'audace
D'en soupçonner la verité?
Toutefois ce procès mystique,
Au Carnaval se jugera;

Dans un Chapitre œcumenique,
L'Oiseau défendeur paroîtra ;
La vieille Mere Bibiane,
Contre lui doit plaider longtemps,
Et, dans le fort des Argumens
Que hurlera *son* rauque organe,
Perdra ses deux dernieres dents :
Mais la jeune sœur Pulcherie,
Qui Pour VER-VERT perorera :
Si dans ce jour, comme on publie,
Les Directeurs opinent là,
Très-sûrement l'emportera
Sur l'octogenaire Harple :
A plaider contre le Printemps,
L'Hiver doit perdre avec dépens.

   Adieu, voilà trop de folies.
Trop paresseux pour abreger,
Trop occupé pour retoucher,
Je vous livre mes rêveries,
Que quelques verités hardies
Viennent librement mêlanger ;
J'abandonne l'exactitude
Aux gens qui riment par metier :
D'autres font des vers par étude,

J'en fais pour me defennuïer ;
Ainfi, vous ne devez me lire
Qu'avec les yeux de l'amitié :
J'aurois encor beaucoup à dire ;
L'Efprit n'eft jamais las d'écrire,
Lorfque le cœur eft de moitié.

FIN.

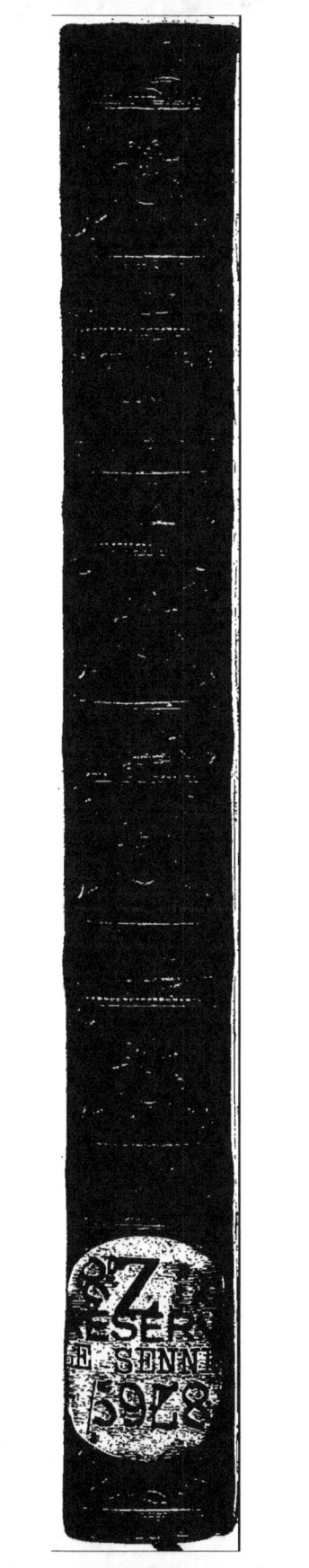

www.ingramcontent.com/pod-product-compliance
Lightning Source LLC
Chambersburg PA
CBHW061728180626
46818CB00006B/2521